BONNES PAROLES

D'UN PROSCRIT FRANÇAIS

A SES CONCITOYENS.

OCTOBRE 1852.

BRUXELLES,

EN VENTE CHEZ TOUS LES LIBRAIRES.

1852.

BONNES PAROLES

D'UN PROSCRIT FRANÇAIS

A SES CONCITOYENS.

BONNES PAROLES

D'UN PROSCRIT FRANÇAIS

A SES CONCITOYENS.

OCTOBRE 1852.

BRUXELLES,

EN VENTE CHEZ TOUS LES LIBRAIRES.

1852

BONNES PAROLES

D'UN PROSCRIT FRANÇAIS

A SES CONCITOYENS.

Ne craignez rien ! — Cette parole, qui vient de l'exil, est indulgente et bonne ; point de reproches, point de blâme ; tout au plus quelques avis.

Lorsque de loin, furtivement, je regarde, j'écoute les mille bruits que nous renvoie l'écho de la frontière, et je viens, sans me soucier des ordonnances et des décrets, des gendarmes, des gabelous et des mouchards, causer avec d'anciens amis de ce pays où je suis né comme eux, où j'ai vécu, aimé, travaillé, souffert, pleuré et chanté comme eux ; de ce pays que j'aime d'un amour enfiévré par l'éloignement et l'absence, ne vous récriez pas ; — gardez-vous surtout de me condamner, si vous n'avez subi les tristes et pénibles loisirs de l'exil ; mangé le pain si dur de l'étranger, et grelotté à son soleil.

La France est heureuse, on le dit, et j'en suis bien aise. De près et de loin dévoué à son bonheur, je m'abstiendrai soigneusement de le troubler par d'inopportunes réflexions. Des libertés perdues, de l'indignité des gouvernants, de leurs cruautés gratuites, des tables de proscriptions dressées, des meurtres publiquement accomplis et récompensés, je ne dirai rien.

O France ! ceux qui souffrent pour toi te saluent et te bénissent de la prison et de l'exil ! Ils sauront taire leurs maux et croiront volontiers que tu es heureuse, puisqu'on le dit. Qu'il leur soit au moins permis de prévoir le terme — peu éloigné, suivant les plus anciens et les plus sages — de ce bonheur étrange, inouï.

D'autres peuples, en effet, non moins heureux, ont vu leurs félicités s'évanouir ; bien des gouvernements sont tombés, aussi forts et tout aussi providentiels que celui qui vient de sauver dans notre pays, la société et la civilisation, et de restaurer l'autel et le despotisme. Les voies de dieu sont mystérieuses, impénétrables ; sa providence nous châtie quand il lui plaît, et comme il lui plaît.

Si donc, la providence de dieu, qui en a renversé bien d'autres, renversait le gouvernement de M. Bonaparte? Si cette même providence, qui s'est plu depuis peu à élever tant de pauvres gens, — je dis pauvres d'écus, d'esprit, d'honneur et du reste — se plaisait à les remettre dans leur premier état? Si la providence, pour le salut des prêtres, afin d'assurer l'éternelle béatitude, au pape, à ses prélats, à ses cardinaux, voulant les éprouver en ce monde, retirait au clergé tout son pouvoir usurpé, toutes ses richesses mal acquises, et nous ordonnait, à nous instruments indignes de la céleste prévoyance, de les distribuer libéralement aux travailleurs malheureux? Si l'armée, mieux payée, mieux rationnée par d'autres, ou subitement saisie de quelque fantaisie prétorienne, fusillait les gendarmes, les jésuites, les mouchards et le gouvernement lui-même, — chose horrible à prévoir!—comme elle a fusillé les Républicains-Socialistes? Si le dégel prédit par le poète se réalisait et que la débâcle fût complète?

Accepterions-nous d'un cœur contrit et humilié, comme il convient, les tribulations qu'il plairait à la providence de nous envoyer; et, persuadés qu'elles n'ont d'autre but que notre bonheur final, remettrions-nous à dieu, notre sort et celui de nos proches, après un acte de contrition et l'*in manus?*

Lequel d'entre vous, au milieu d'un fleuve rapide, entraîné par le courant, prêt à périr, ne chercherait à gagner le bord à la nage, et se laisserait aller au fil de l'eau, à la grâce de dieu, en marmottant quelqu'oraison?

Ainsi, peu confiants en dieu, vous n'attendriez pas qu'il fît un miracle en votre faveur; au lieu de crier vers le ciel, vous appelleriez les passants, et peut-être quelque barque..... Lorsque vous serez las du gouvernement fort, votre providence ici-bas; de ce gouvernement, sinon institué, au moins tacitement accepté, subi par vous, comme vous acceptez et subissez la providence et le bon dieu de fantaisie de vos curés; lorsque, pleinement éclairés par l'expérience, à vos dépens, vous serez enfin convaincus que Louis Bonaparte, ce mandataire intelligent de la providence, vous conduit à l'abîme, et, si vous n'y prenez garde, vous noiera demain, vous, vos femmes et vos enfants, vos fortunes et vos libertés; lorsque vous aurez été suffisamment exploités, prêchés, catéchisés, volés : hêlez quelque barque du rivage, et bientôt, tous ensemble, passagers, patrons et mariniers, nous opérerons le sauvetage, malgré les gendarmes et la providence, les bonnets carrés et le gouvernement.

C'est ainsi que nous nous sauverons, tous travaillant de concert, ceux du dedans et ceux du dehors, dans notre intérêt commun, le moment venu ; et ce moment ne tardera qu'autant que vous le voudrez bien. Mais alors nous aurons à profiter des enseignements du passé ; c'est-à-dire de l'expérience que nous aurons faite du gouvernement providentiel de Louis Bonaparte et de ses amis, qui ne seront plus. — Où seront-ils ?

Puisse cette expérience suprême, si douloureuse, si funeste à la renommée, à l'honneur, à la fortune de la France, lui être au moins profitable !

Rappelons nos souvenirs tout récents, et, des sottises du passé, pavons le grand chemin de l'avenir.

On vous avait dit que la famille, la religion, — laquelle ? — la propriété, les mœurs, l'ordre, l'industrie, le commerce, le travail, la société en masse, tout était menacé, tout allait s'engloutir dans un commun abîme ; on vous l'avait dit, et, dans votre simplicité, vous l'avez cru.

Quelle force, en dehors de la société, eût opéré la destruction, et préludé à la palingénésie sociale universelle? Quelle force, en dehors de la société elle-même, eût pu bouleverser ainsi et régénérer la société?

On ne le disait pas. On parlait vaguement des mauvaises passions, des vices, des crimes, qui s'agitaient et se préparaient dans l'ombre, n'attendant qu'une occasion pour s'épanouir au grand jour, et se donner carrière. Parfois, quelque journal dévoué à la famille, à la religion, aux mœurs, etc., dénonçait à ses abonnés, les manœuvres calamiteuses, subversives, les projets effroyables, odieux, des ouvriers des villes; — le lendemain, le même journal, toujours dévoué à la religion, à l'ordre, etc., entretenait ses lecteurs des bons sentiments manifestés, sur tous les points de la France, par ces mêmes ouvriers, la veille encore si méchamment intentionnés.

Il fut avéré, pendant quelque temps, que les paysans des 86 départements français n'attendaient qu'une occasion favorable, pour se livrer au pillage, à l'incendie, à la dévastation. Dans quelques localités, à certaines époques de troubles, ou présumées telles, les rédacteurs des journaux déjà nommés, racontaient que des troupes nombreuses de paysans munis de sacs, avaient été vues se dirigeant vers le chef-lieu ou la sous-préfecture; ils ajoutaient à leur récit le nom des communes qui avaient fourni des recrues à ces bandes de pillards, et le nombre de sacs par commune.

Par quel miracle, ces villages et leurs habitants, se trouvaient-ils, à peu de temps de là, — aussitôt que les nécessités de la polémique paraissaient l'exiger — inscrits sur le catalogue des amis de l'ordre? Quelle grâce spéciale avait agi et converti aussi lestement ces forcenés?

On ne le disait pas; on ne l'a jamais dit.

Un farceur, illustration suspecte d'un règne évanoui, avait parlé de l'Empire et du Bas-Empire, et montré les Barbares prêts à forcer de nouveau les lignes du Rhin et de la Meuse; ivres de sang, de carnage, de destruction; avides de pillage; Barbares plus forcenés que les bandes d'Attila, plus horribles mille fois.... Malgré l'évidence, et sous l'empire de je ne sais quelle hallucination historique et sociale, M. Romieu devint prophète en son pays; et, depuis, bien des gens, de toute opinion, ont adopté, commenté, vulgarisé cette idée éminemment fausse du Bas-Empire en France au xixe siècle. Mais où donc ces savants analogistes ont-ils découvert la ressemblance entre les deux époques, entre les deux peuples? Il est bon et utile de ne pas cacher la lumière sous le boisseau ; MM. Troplong, Creton et bien d'autres, ont certainement lu Rollin, Tite-Live, Tacite, Suétone, etc ; ils veulent bien nous l'apprendre, et paraissent avoir profité de leurs lectures ; cette érudition est louable ; elle est bonne et belle, mais ici de quoi sert-elle ?

De la liberté, de la puissance, de la dignité, le peuple romain par une pente insensible d'abord, puis tout à coup rapide, vient s'abîmer dans le despotisme, la faiblesse, la dégradation ; vertueux, il devient immoral ; libre, esclave ; fier, abject ; fort, il s'énerve.

Dans les derniers temps de l'Empire, les Romains, dispersés sur la surface du monde connu, ont disparu de Rome ; bientôt après on les cherche en vain sur la terre ; on ne rencontre que des Barbares bizarrement revêtus de leurs dépouilles, qualifiés de leurs titres et de leur nom.

Comme peuple toutes les phases de leur existence ont été parcourues ; les temps sont accomplis, les Barbares et le christianisme, s'apprêtent à conduire les grandes funérailles.

Le dévelopement, l'apogée, la décadence du peuple romain, forment un cycle complet ; les faits se suivent et s'enchaînent d'une manière logique; ce qui ne se retrouve, peut-être, au même degré, dans les fastes d'aucune autre nation. La plupart, ayant subi d'abord l'influence d'idées plus étroites, moins progressives, douées d'une moins grande force d'expansion, d'une vitalité moins robuste, n'ont paru ou ne paraissent vivre qu'imparfaitement; l'histoire et l'observation des faits contemporains nous en montrent quelques-unes, mortes en naissant; d'autres ne reflétant qu'une des faces de la civilisation, satisfaites, en apparence, de quelques libertés, de quelques franchises, en dehors de leur spécialité, artistique, commerciale, industrielle, guerrière, qui semblent privées d'idéal; d'autres encore, éternellement vieilles ou jeunes, immobiles lorsque tout change, ensevelies dans les débris d'une civilisation surannée, comme les cariatides sous les ruines des temples égyptiens, ou enveloppées depuis le commencement des siècles dans les brassières du premier âge.

Ce système d'analogies, absurde en histoire et ailleurs; ces comparaisons éternelles du peuple romain aux autres peuples, à ceux-là même qui lui ressemblent le moins; d'une civilisation caduque, à une civilisation, nouvelle, jeune, à peine née, sont propres, tout au plus, à servir d'aliment à l'imagination dévoyée de quelques fantaisistes. L'on a droit de s'étonner que tant de gens s'y soient laissés prendre, et, suivant la fortune de leurs opinions, avec d'aussi pitoyables arguments aient pensé terrasser leurs adversaires.

En quoi le peuple français de formation récente, dont l'unité politique et administrative date d'un demi-siècle ; en quoi la France, où, depuis soixante ans à peine, diverses provinces, différentes d'origine, de mœurs, de coutumes, de langage, jusque-là formant une agglomération imparfaite, ont été appelées à une vie commune ; où les idées, les institutions, les mœurs, sont nées, se sont développées, agrandies, transformées, sous l'influence d'une organisation nouvelle, ont régénéré le pays et créé, en quelque sorte, un autre peuple. En quoi le peuple français ressemblerait-il au peuple romain ? Qu'y a-t-il de commun, historiquement parlant, entre la France et Rome ? Entre la France qui, de la féodalité et de la monarchie, par l'autorité de sa tradition, par ses antécédents révolutionnaires, s'achemine lentement, péniblement il est vrai, mais sans cesse, vers la liberté ; entre la France commerçante et industrielle ; — et Rome, par l'oisiveté du forum et la démoralisation des camps, plongée dans la servitude, après avoir été libre et souveraine?

Ceux qui recherchent ces analogies et les propagent, sont gens intéressés à rabaisser à leur niveau, leur pays et leur siècle. La France, quoiqu'on dise, et malgré son sommeil de quelques heures, la France est jeune, vigoureuse, pleine de sève, de génie et de dévoûment ; notre siècle est l'aurore d'un jour splendide et merveilleux dans l'histoire de l'humanité!

Je retrouve en France, peut-être, sous le masque d'assez minces personnages, raccornies et écourtées, quelques-unes de ces individualités, célèbres pour avoir servi de thême et de prétexte aux réquisitoires des déclamateurs de morale, dans tous les siècles et même de nos jours ; j'y vois bien des valets, quelques courtisans, un petit nombre de prétoriens ; tout cela aussi lâche, aussi servile, aussi corrompu qu'au temps de Rome dégénérée ; la populace oisive et crapuleuse du forum et de l'amphithéâtre, où est-elle? — A l'entour de Bonaparte, dans les bas fonds de la police, dans les bureaux, dans les temples, dans les carrosses et à la suite. — Très-bien ; mais la France n'est pas là.

Non rien, dans l'histoire de l'Empire et du Bas-Empire, rien qui ressemble à l'histoire de notre temps ; rien, si ce n'est l'histoire de Julien, conservateur quand même et réacteur, artiste, écrivain, guerrier, polémiste, de cent piqués plus élevé que les nains de la réaction moderne, et qui, mourant vaincu, blasphéma le Christ et la Révolution, comme nos réacteurs dans leur déroute prochaine, blasphémeront la Révolution, le Peuple et la liberté !

Les Barbares si souvent annoncés, prédits, d'où venaient-ils ? D'où viendraient-ils ?

Chose incroyable, et difficile à bien faire entendre : la société — et les mêmes allégations furent répétées partout où souffla l'esprit révolutionnaire —la société, comme un navire qui fait eau de toutes parts, portait dans son sein le germe de sa propre destruction ; elle conspirait contre elle-même, et méditait son suicide ; il fallait la sauver de ses propres fureurs, calmer ce délire universel.

Tandis que les paysans, en France presque tous propriétaires, ne songeaient qu'à exterminer les propriétaires et saccager les propriétés, les ouvriers, pour massacrer les bourgeois des villes, n'attendaient qu'une occasion propice ; et les bourgeois révolutionnaires, paraissaient résolus à tuer tout le reste, et eux-mêmes aussi sans doute, pour s'emparer ensuite du gouvernement; — suivant une belle idée du ministère public, éloquemment développée dans un procès politique.

Il semblait n'y avoir de salut pour personne, dans aucune classe de la société. Et l'on comprend que menacé, entouré d'invisibles, d'insaisissables ennemis, chaque individu, dans l'intérêt de sa conservation personnelle, dut se tourner vers les gens qui lui parurent offrir le plus de garanties conservatrices. Les accusateurs furent ainsi choisis, presque partout, préférablement aux accusés; — et on les choisit d'autant plus librement que leurs accusations étaient appuyées de forces suffisantes.

Ainsi on vit la Hongrie, Venise et les Lombards, implorer la protection de l'empereur d'Autriche; les Romains crier vers le Saint-Père; comme la Pologne, autrefois, appelait à son aide le czar de Russie; comme la France — *infandum...!* — se jeta dans les bras de Louis Bonaparte.

N'est-ce pas là de l'histoire, — telle qu'on l'écrit?

Aucun de ces sauveurs n'hésita. Ils mirent au malade la camisole de force. La société, dans un grand nombre de ses membres, fut emprisonnée, exilée, déportée, fouettée, pendue et guillotinée; mais au moins, elle se crut sauvée. Elle n'en demandait pas davantage.

En effet tout était sauvé; et voici comment :

Les précédents monarchiques de la France ont créé dans notre pays deux sociétés bien distinctes, au sein du même peuple : l'une dont on parle toujours, l'autre dont on ne parle jamais.

La première composée des privilégiés et des oisifs, bâtarde de la féodalité et des juifs-lombards du moyen âge, forme avec le monde des fonctionnaires, le dernier palladium de l'autorité, du despotisme, et, comme on dit, de la société. La seconde, — les trois quarts et demi de la nation, à peu près — vivant de travail, d'industrie, de négoce, d'arts, de sciences, nourrit et enrichit la première, et ses intérêts, complétement subordonnés à ceux des fonctionnaires et des oisifs, sont comptés pour rien.

Toute grâce, toute faveur, tout privilège vient d'en haut : du président, du roi, de l'empereur, comme il vous plaîra; le crédit, le travail, la fortune sont dispensés suivant le caprice des grands prêtres du capital; que le maître s'appelle Orléans, Bonaparte ou Chambord, peu importe; que le banquier soit juif ou chrétien, le grand propriétaire, noble ou roturier : — tout ce qui n'est pas maître ou valet est sujet; tout ce qui ne vit pas du privilège usuraire de la terre ou des capitaux, à différents degrés est serf ou prolétaire. En un mot, chez un peuple, ainsi organisé, ceux qui n'ont pas autorité ou privilége, n'ont pas droit de cité. Les nobles et les traitants de l'Assemblée constituante n'ont pas fait un aussi grand sacrifice qu'on le croit généralement, dans la nuit du 4 août 1789.

Que les industriels, les commerçants, les cultivateurs l'apprennent, s'ils ne le savaient déjà : leurs intérêts sont identiques à ceux des travailleurs de tous métiers, ils sont de même nature et s'harmonisent facilement; — ils sont en opposition directe, en contradiction évidente avec les intérêts des industries privilégiées ou monopolisées; avec les intérêts des rois de la banque et de la bourse; avec ceux des compagnies subventionnées, et des fonctionnaires publics scandaleusement rétribués.

Lors donc que vous lisez quelque part, ou qu'on vous dit, que les intérêts de la société sont menacés, entendez par là quelque privilége ou quelqu'abus dont on demande la suppression. Si, quelque jour, les Jonas de la réaction frappent l'air de leurs gémissements, et font retentir de nouveau leurs sinistres

prophéties; s'ils annoncent l'abomination et la dé-
solation, la ruine et l'anarchie dans la société : —
saluez l'ère de la délivrance, pour vous et pour tout le
peuple, dernière heure de la société officielle, provi-
soirement sauvée, au 2 décembre, par Louis Bonaparte, avec l'aide et le concours manifestes de la
providence.

Jamais, il est juste de le dire, société ne parut
plus radicalement sauvée, établie sur des bases
plus définitives, plus stables; jamais résultats plus
prompts et, en apparence, plus décisifs, ne furent
obtenus :

— Le nombre des emplois publics, prodigieuse-
ment augmenté, et les appointements, en raison de
la platitude et de la lâcheté des fonctionnaires, plus
forts que jamais; le Panthéon livré à la milice
papale, les églises restaurées, les jésuites et les
capucins partout installés; les cardinaux et les
archevêques dans le sénat, les dominicains-chauffeurs
à la porte; l'armée carressée, flattée, médaillée,
grisée, plus curieuse de l'avenir qu'enthousiaste
du présent, assez surprise de ses exploits et de
ceux de ses chefs, mais, en attendant, fusillant
les Républicains et les patriotes, afin de conser-
ver intact l'honneur du drapeau, et veillant au

salut de l'Empire et au maintien de l'ordre ; le crédit public et privé, au pouvoir de quelques agioteurs émérites, libres ainsi de le refuser et de l'accorder à qui leur plaîra, de ruiner les propriétaires et les commerçants républicains, et.d'enrichir, sans bourse délier, les honnêtes gens de leur bande monarchiste ou bonapartiste ; le transport monopolisé par la formation des grandes compagnies, et par conséquent les intérêts du négoce français et étranger à la merci des nouveaux traitants, les industriels et les commerçants rançonnés au profit des actionnaires ; l'éducation dans les mains des disciples de Molina et du père Lamy ; la jeunesse enlevée à l'université et livrée aux jésuites ; la confession auriculaire remplaçant le cours de Michelet ; autant de mouchards et de gens de police que de prêtres et de soldats ; l'espionnage partout, les murs couverts d'oreilles ; une terreur salutaire fermant la bouche à tous ceux qui seraient tentés de se plaindre.

Il nous semble que le programme des anciens amis de l'ordre, tant de fois formulé, mis à l'ordre du jour dans les journaux et les sociétés monarchistes, est aujourd'hui complétement réalisé. Ceux d'entre ces hommes d'État, qui n'ont pas été fusillés le 5 décembre, exilés depuis, auront eu la consolation d'assister, de leur vivant, à cette expérience de leur utopie conservatrice. — Puissent-ils en voir la fin !

Quant à l'autre société, quant à la nation, au grand nombre des travailleurs, des industriels, des commerçants gros ou petits, des cultivateurs, des paysans, il n'en est plus question, on en parle moins que jamais. Qui ne dit rien consent. Ils n'ont rien dit au 2 décembre, ils ont donc consenti à être exploités, insultés, surveillés, et, au besoin, exilés ou incarcérés, aussi longtemps et chaque fois que le salut de la société officielle paraîtrait l'exiger.

En échange on leur a promis de merveilleux résultats du nouvel ordre de choses. Tout ce qui a été fait le 2 décembre, l'a été dans l'intérêt de la propriété, du commerce, de l'industrie, du travail. C'est afin de rendre la France heureuse, riche, prospère, que s'est accompli le rétablissement de l'autorité temporelle et spirituelle, suivi de la restauration du pape et de l'empereur. La vieille terre des Gaules a-t-elle gardé le souvenir d'un despotisme comparable au régime sans nom qu'elle subit depuis dix mois et plus ? Et cependant la prospérité commerciale et industrielle n'a pas reparu ; à peine une activité factice s'est-elle manifestée dans quelques industries, depuis longtemps en chômage; les propriétés, malgré l'abaissement illusoire de l'intérêt des fonds publics, ne se vendent pas.

Écoutons cependant les bulletins officiels de la prospérité nationale, comparés par quelques-uns, — pour leur véracité — aux bulletins de la grande armée:—Tout va bien; les intérêts sont rassurés; la confiance, comme on dit, est revenue; les patrons prennent au collet leurs ouvriers pour leur faire accepter une augmentation de salaire; ceux-ci refusent respectueusement et s'en reconnaissent indignes; les producteurs ne peuvent suffire aux commandes des consommateurs; les commerçants voient sans cesse leurs magasins se vider, leur caisse s'emplir; les voies de circulation, les moyens de transport sont insuffisants pour les besoins du commerce; le taux de l'argent, chaque jour moins élevé, fait enchérir les propriétés, donne un nouvel essor à l'industrie; la bourse est vide d'agioteurs et de spéculateurs; les huissiers ont suspendu aux grilles qui bordent le palais, leurs portefeuilles dépouillés des assignations et des protêts; les propriétaires et les paysans ne connaissent que pour en avoir vaguement entendu parler, les hypothèques et les ventes par autorité de justice....

Voilà ce que disaient, hier encore, les bulletins officiels. — Comment en un plomb vil, l'or pur s'est-il changé! — A cette heure un silence prudent a remplacé toute cette jactance de prospérité. La banque elle-même, a supprimé, — par ordre — les bulletins hebdomadaires de sa situation. Si, parfois, un remboursement, dont personne ne peut vérifier l'exactitude, est fait ou doit être fait par le gouvernement, la renommée embouche toutes ses trompettes. Mais d'où vient cet argent? Qui l'a fourni? Quels citoyens ont été rançonnés, dépouillés, afin de donner au gouvernement de Louis Bonaparte, une apparence d'honnêteté, à ses ministres et à lui l'air de gens payant leurs dûs? Demandez aux actionnaires des chemins de fer, en voie de formation, des nouvelles de leurs fonds de garantie et de cautionnement; ne demandez rien à la banque, elle est muette comme la tombe, et, comme elle, ne rend ses comptes qu'à Dieu et à son lieutenant, Louis Bonaparte.

Ainsi, à peine quelques mois écoulés, et déjà tout change, tout va mal. Sans accident, sans secousse apparente, sans cause appréciable, la prospérité s'évanouit, le commerce s'allanguit, l'industrie se meurt; l'autorité cependant n'est pas amoindrie, les gendarmes sont toujours aussi nombreux, les préfets aussi dévoués.

Si donc, l'industrie si florissante, suivant les rapports officiels, voit encore chômer ses métiers et ses marteaux ; qui se flattera de rendre à ses machines oisives, à ses ateliers déserts le mouvement et la vie ? Si les transactions commerciales, hier, nombreuses, actives, sûres, — je le crois puisqu'on l'a dit — s'arrêtent ; qui leur donnera une nouvelle impulsion ? Si l'intérêt de l'argent, qui baissait chaque jour, — on nous l'assurait — remonte ; si le paysan et le petit commerçant ou industriel, avant de s'être acquittés, retombent dans les mains de l'usurier ; qui les en délivrera ? Si la propriété, partout demandée, — le *Moniteur* l'affirmait — est partout offerte ; qui sauvera les propriétaires d'une ruine complète ?

Qui pourrait me dire combien de temps encore doit se prolonger la pratique du nouveau régime, avant que tous en soient arrivés là ?

La civilisation plus parfaite des nations modernes ; les voies de communication, plus nombreuses, plus rapides ; la liberté acquise de l'esprit et de la pensée ; l'élévation du sens moral, résultant de cette liberté, ne permettent plus aux gouvernements d'être impunément despotiques, immoraux, prévaricateurs. Le vide qui se fait autour d'eux, engendré par la répulsion publique, les rend impuissants et stériles; le moindre accident suffit alors à les renverser. Aussitôt que la lumière de la vérité, un instant obscurcie, les frappe de ses rayons, ils tombent en poussière et s'évanouissent. Mais la marque de déchéance n'en reste pas moins empreinte au front des nations qui ont eu la sottise ou la lâcheté de les subir. Que la France avise donc au plus tôt. Que lui manque-t-il pour briser les liens qui l'étreignent?—La volonté d'agir. La peur de la Révolution a paralysé beaucoup d'esprits timides, incertains. Qu'ils ne craignent plus de la regarder en face ; qu'ils l'envisagent froidement, sans prévention, sans passion. Le prononcé du jugement à intervenir n'est pas douteux.

Dégageons l'idée révolutionnaire des individualités qui, dans ces derniers temps, en furent à divers degrés les interprètes. Oublions nous-mêmes nos préventions, nos préférences, et, s'il est possible, faisons taire, pendant quelques heures, nos passions.

Le naturaliste ayant à retracer le sublime ensemble des œuvres de la création, s'élève, par la pensée, au delà des mondes, au sommet de l'empyrée; il aperçoit les innombrables sphères qui roulent à ses pieds, autour de lui, partout; sa tâche est de raconter leurs merveilleuses révolutions et d'en rendre l'intelligence accessible aux plus vulgaires esprits. Il n'a pas à se préoccuper d'abord de leurs configurations spéciales, des aspérités et des inégalités de leurs surfaces, de leurs densités diverses. Avant de suivre dans l'espace la capricieuse orbite des comètes, il décrit l'universelle harmonie des cieux.

La Révolution, envisagée dans ses détails, dans ses moyens et ses instruments, peut et doit créer des divergences d'idées, d'opinions, de sympathies : conséquences logiques de la liberté de penser et d'agir. Qui donc pourrait s'en effrayer et s'en plaindre? Quel homme voudrait renoncer au libre arbitre, marque distinctive de sa souveraineté sur le globe qu'il habite, et qui seul lui permet d'aspirer et d'observer au delà ?

Mais au-dessus de ces divergences de détails, plane l'idée révolutionnaire, immanente dans l'humanité; l'homme ne peut la nier, pas plus que la lumière du soleil. Elle s'impose fatalement à toutes les intelligences. Tous les progrès accomplis dans les arts, les sciences, les lettres; toutes les découvertes scientifiques et industrielles; toute liberté conquise, tout perfectionement matériel ou moral en sont nés. Elle est la vie elle-même de l'humanité, incessamment progressive, chaque jour s'acheminant à la poursuite d'un nouvel idéal.

Cet idéal révolutionnaire, quel est-il ?

On l'a dit mille fois, nous le redirons encore pour l'édification de ceux qui l'ont oublié : Relever l'homme de la déchéance morale, imposée par le catholicisme; lui rendre le sentiment perdu de sa valeur; par l'équivalence des fonctions créer l'égalité des intelligences et du bien-être; annuler le parasitisme, partout où il se rencontre, dans le gouvernement, la propriété, l'industrie, le commerce, les fonctions artistiques ou scientifiques, et faire revenir aux travailleurs, commerçants, artistes, savants, industriels, la part de salaire indûment prélevée au profit des oisifs. Toute fonction sociale ennoblie, le travail mieux rétribué s'idéalise, et l'on ne verra plus des intelligences usées à un labeur parcellaire et anormal, comme la pierre est diminuée par le frottement du ciseau. La génération adulte fait à celle qui la suit l'avance de l'éducation et de l'apprentissage; avance libéralement remboursée, lorsque vient l'heure du repos, par les produits centuplés d'un travail intelligent et normal. Les barrières qui divisent les peuples brisées, les douaniers et les gendarmes renvoyés à l'atelier ou à la ferme qui les réclament, les produits circulent, s'échangent, se consomment sans entrave. Partout, avec l'activité agricole, industrielle, artistique, scientifique, le bien-être, l'aisance, la prospérité ; le voyageur ne rencontre plus « des hommes qui errent en mendiant sur la terre féconde ; » seuls, honnis et méprisés, les oisifs vivent encore des miettes tombées de la table des travailleurs. La richesse et le travail ont moralisé les hommes, élevé les sentiments, agrandi le domaine de l'intelligence ; les peines afflictives ou infamantes, les prisons, les tribunaux criminels, la répression, le bourreau, les gendarmes n'existent plus que dans les souvenirs du passé, comme la royauté et les priviléges. Une éducation libérale permet à tous de se désaltérer à la coupe de l'art et de la science ; elle va glaner parmi les hommes, ces pauvres âmes, souvent ensevelies, pleines de vie et de verve, dans les égouts de la société officielle. Les organisations aventureuses, avides de luttes et de combats, se dispersent sur la terre : toutes les mers sont couvertes de navires, les contrées encore inexplorées, sillonnées par des voyageurs intrépides. Les armées ont dis-

paru, les juges aussi, en robes rouges ou en robes
noires : des arbitres, choisis par les parties, décident
à l'amiable de leurs différents. Les communes éman-
cipées, ne sont plus livrées, hommes et biens, au bon
plaisir des préfets et des sous-préfets, créatures
dévouées de toute tyrannie qui s'élève, insulteurs
obligés de tout pouvoir tombé ; elles se relient entre
elles et à la grande famille française, comme les
hommes et les peuples entre eux, par des arbitres
ou représentants librement choisis et acceptés, et
dont les fonctions, les prérogatives et la part d'autorité sont rigoureusement déterminées et spécialisées
à l'avance ; souveraines dans leurs affaires privées,
leur force d'initiative rayonne de toutes parts sur
les hommes chargés de veiller aux intérêts généraux ;
la tyrannie des fonctionnaires est détruite, la commune est libre. N'ayant personne à confesser, plus
de messes, de mariages, de baptêmes, d'enterre-
ments, les temples devenus déserts, les derniers
prêtres, tombés à la charge des derniers fidèles, et
relevés de leurs vœux par le dernier pape, ont jeté
leurs bonnets carrés par-dessus les moulins. Sur la
terre, au lieu des hymnes de Santeuil et des psaumes
de David, retentit l'hosanna sans fin du travail de
l'homme, magnifique appendice de l'œuvre de dieu !

Ce tableau bien incomplet et imparfait des aspirations révolutionnaires, est-il donc si effrayant? Fallait-il, par ignorance ou prévention, repousser l'idée, subir un homme? — Et quel homme!

Vieux Gaulois, fils des glorieux Jacques et des Bourgeois des communes, qu'êtes-vous devenus? Où sont les bandes languedociennes et cévénoles, les compagnies de fédérés, les armées de volontaires républicains?

Allons, bonnes gens, c'est assez dormir; secouez vos oreilles, réveillez-vous; regardez : — devant vous une route belle, spacieuse; à peine quelques efforts pour la déblayer et l'aplanir; — levez-vous et marchez!

Brux. — Imp. de L. Lab... e des Bouchers